Analyse de l'œuvre

Par Sibylle Greindl
et Alexandre Randal

Si c'est un homme

de Primo Levi

lePetitLittéraire.fr

Rendez-vous sur lepetitlitteraire.fr et découvrez :

Plus de 1200 analyses
Claires et synthétiques
Téléchargeables en 30 secondes
À imprimer chez soi

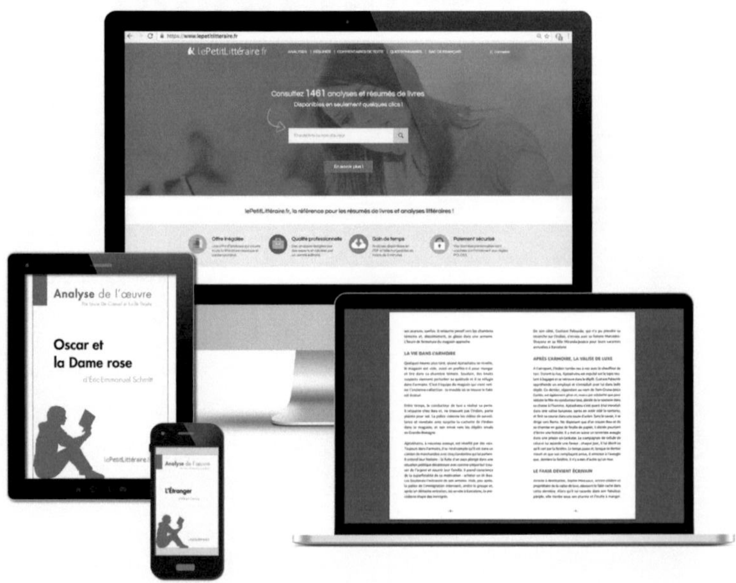

PRIMO LEVI

ÉCRIVAIN ITALIEN ET SURVIVANT DE LA SHOAH

- **Né en 1919 à Turin (Italie)**
- **Décédé en 1987 dans la même ville**
- **Quelques-unes de ses œuvres :**
  - *La Trêve* (1963), roman
  - *Les Naufragés et les Rescapés* (1989), essai
  - *La Clé à molette* (1990), roman

Primo Levi est né à Turin dans une famille bourgeoise de confession juive. Après avoir étudié la chimie dans sa ville natale, il s'installe à Milan, y travaille et rejoint en 1943 un groupe de résistants antifascistes. De ce fait, il est arrêté et déporté à Auschwitz le 22 février 1944. Il y survit un an, jusqu'à la libération du camp par l'Armée rouge le 27 janvier 1945. À son retour en Italie, il trouve du travail comme chimiste et épouse Lucia Morpurgo qui lui donne deux enfants.

Dès son retour d'Auschwitz, il écrit son premier livre, *Si c'est un homme* (1947), suivi de plusieurs autres œuvres : *La Trêve*, qui raconte son périple de retour en Italie, *Le Système périodique* (1975), traitant de ses expériences de chimiste, et *Les Naufragés et les Rescapés*, son dernier, le plus sombre, ouvrage. Primo Levi se donne la mort en 1987.

SI C'EST UN HOMME

AUSCHWITZ OU LA NÉGATION DE L'HUMAIN

- **Genre :** récit autobiographique
- **Édition de référence :** *Si c'est un homme*, traduit de l'italien par Martine Schruoffeneger, Paris, Pocket, 1987, 213 p.
- **1re édition :** 1947
- **Thématiques :** Shoah, Seconde Guerre mondiale, nazisme, camps de concentration, survie, humanité

Si c'est un homme est un des premiers témoignages sur la vie concentrationnaire. Selon les mots de l'auteur, cet ouvrage vise à « fournir des documents à une étude dépassionnée de certains aspects de l'âme humaine » (p. 7). Ce récit à la première personne a été motivé par le besoin urgent de partager son expérience d'Auschwitz avec ceux qui y étaient étrangers.

Si c'est un homme est publié pour la première fois en 1947 dans une petite maison d'édition. Cependant, l'œuvre ne rencontre qu'un succès limité dans l'immédiat après-guerre. C'est seulement à partir de sa réédition en 1958 qu'il connait un large rayonnement, donnant même lieu à des adaptations au théâtre et à la radio. Depuis lors, le livre de Primo Levi est considéré comme une référence incontournable de la littérature sur les camps de concentration.

RÉSUMÉ

LA VIE AU CAMP

Primo Levi rejoint, à 24 ans, un groupe de résistants antifascistes. Cela lui vaut d'être arrêté par des miliciens. Interrogé, il se déclare « citoyen italien de race juive » (p. 12). On l'envoie alors dans un camp situé près de Modène. De là, six-cents Juifs – hommes, femmes et enfants – sont envoyés dans des wagons de marchandises scellés vers Auschwitz.

Là-bas, une séparation s'opère entre les bienportants et les malades : les premiers sont envoyés aux camps de Buna-Monowitz et de Birkenau, les seconds à la chambre à gaz. Levi évoque les hommes qui se savent désormais perdus et leur étonnement devant la brutalité gratuite, sans colère, des SS.

Levi et ses compagnons sont d'emblée dépouillés de tout ce qu'ils possèdent, rasés et tatoués. Ils reçoivent les mêmes nippes que celles entraperçues la veille sur le dos des prisonniers du camp. Très vite, Levi apprend les codes du *Lager* (« le camp »), qui imprègnent toutes les activités, du travail au sommeil, en passant par les repas. En quelques jours, toute perspective d'avenir est effacée et l'auteur comprend qu'il n'est pas sage de se souvenir du passé.

Après quelques jours, il est affecté au block 30, où il découvre deux paramètres fondamentaux de la vie au camp : le mélange des langues et la valeur du pain, non seulement comme nourriture, mais aussi comme monnaie d'échange. Il rencontre Steinlauf : cet ancien sergent de l'armée austro-hongroise s'obstine à se laver afin de ne pas se laisser abêtir par le système concentrationnaire, de manière à rester vivant et ainsi pouvoir témoigner. Levi s'interroge cependant : cela vaut-il la peine d'appliquer un système de valeurs alors que le *Lager* est infernal et absurde ?

Plus tard, Levi reçoit une poutrelle en fonte dans le pied : il est envoyé à l'infirmerie, où il reste une vingtaine de jours. Les prisonniers y sont exemptés de travail, ce qui leur donne le temps de penser à ce qu'ils ont laissé derrière eux et à la « sinistre nouvelle de ce que l'homme, à Auschwitz, a pu faire d'un autre homme » (p. 84), qu'ils porteront au monde s'ils sortent de cet enfer.

Levi est intimement convaincu que la vie au *Lager* est une occasion d'analyser l'âme humaine. Cela l'amène à distinguer les élus des damnés. Les damnés sont ceux qui se plient aux règlements et vont ainsi à leur perte. Les élus, eux, parviennent à survivre en recourant aux moyens les plus divers : vol, débrouillardise ou force brute.

LE BLOCK 45

À la sortie du K.B (abréviation de *Krankenbau*, « infirmerie »), Levi est réaffecté arbitrairement au block 45 où, par chance, se trouve également son ami Alberto. Il doit à nouveau se procurer des couverts et le nécessaire pour la survie, avant de retrouver le rythme du travail harassant et des nuits sans repos. Les journées de travail, dans le froid et la neige, sont épuisantes. Elles sont rythmées par les brèves échappées aux latrines, sous la surveillance d'un compagnon de travail, et la très attendue pause de midi. On y sert un potage transparent, qui réchauffe et permet un infime instant de détente.

Le commerce fait partie intégrante de la vie du camp : le tabac, l'étoffe et la nourriture prélevée sur les maigres rations se volent et se troquent. Les valeurs fluctuent en fonction des évènements. Le centre névralgique de cette activité est la bourse, où tous les déportés se regroupent par nationalité. Voleurs comme volés sont sévèrement punis, mais comment, dans ce contexte, distinguer le bien du mal ?

Au *Lager*, le seul but est de tenir jusqu'au printemps. La souffrance due au froid diminue, mais la faim, omniprésente, se fait ressentir avec d'autant plus d'intensité. Templer, le plus débrouillard du kommando de travail de Levi, déniche une marmite de soupe. Tous ont alors droit à trois litres supplémentaires, soit le triple de leur ration quotidienne. L'action de manger, à Auschwitz, est désignée par le verbe allemand *fressen*, terme utilisé habituellement pour les animaux. Jusque dans le vocabulaire, l'humanité des prisonniers est donc niée.

LE KOMMANDO 98

Levi est enrôlé avec son ami Alberto dans le kommando 98, le kommando de chimie. Affecté d'abord au transport du chlorure de magnésium, il a ensuite l'occasion de passer un examen de chimie qui lui épargne bien des souffrances. À cette occasion, il est confronté au Dr Pannwitz qui le regarde comme un être issu d'un autre monde et appartenant à une espèce seulement digne d'être supprimée.

Jean est le « Pikolo » du kommando 98, le plus jeune. Aucun travail ne lui est assigné, mais il est chargé de diverses besognes, entre autres le lavage des gamelles. Très aimé de tous, Jean se fait accompagner par Levi pour aller chercher la marmite de soupe. En cours de route, ce dernier lui récite « Le Chant d'Ulysse », le chant XXVI de *L'Enfer* de Dante (écrivain italien, 1265-1321).

LIBÉRATION DU CAMP

En été 1944, alors que le cadre temporel n'apparait plus aux prisonniers que comme un « flux opaque » (p. 182) sans passé ni futur, les bombardements alliés déferlent au-dessus d'Auschwitz. À ce moment, Lorenzo, un ouvrier civil italien, prend Levi sous son aile et lui permet ainsi de ne pas oublier qu'il est humain.

Kraus travaille avec Levi un jour pluvieux de novembre. Il ne survivra pas longtemps, pense Levi. Cependant, sur le chemin du retour, après la journée de travail, Levi tient à Kraus un long discours dans lequel il prétend avoir rêvé l'accueillir chez lui, en Italie.

Cependant, l'hiver se rapproche et le froid et la faim se font plus terribles encore. Une nouvelle sélection a lieu : ceux qui ont l'air faible sont envoyés à la chambre à gaz. Le vieux Kuhn remercie Dieu de n'avoir pas été choisi. À côté de lui, Beppo, 20 ans, ne dit rien : il se sait destiné à la solution finale. Suite à son examen, Levi est envoyé dans le laboratoire de chimie. Il y est protégé des rigueurs de l'hiver, des dangers du travail et dans une certaine mesure, de la faim. Il se découvre comme une créature repoussante sous le regard de trois Allemandes qui travaillent avec lui.

Levi, avec l'aide de son ami Alberto, a mis au point différentes combines pour se procurer de la nourriture, entre autres en collaborant avec des ouvriers civils. Un soir, au lieu de se rendre à l'appel, les détenus doivent assister à la pendaison d'un homme qui a tenté d'organiser une révolte. Nul parmi les prisonniers ne juge ou ne défie les Allemands.

Atteint de la scarlatine, Levi est à nouveau admis au K.B. en janvier 1945. C'est alors que, sentant les Russes approcher, les Allemands forcent les détenus à quitter le camp. Levi reste dans l'infirmerie avec les malades et, en s'organisant avec deux Français, parvient à survivre jusqu'à l'arrivée de l'Armée rouge.

LES PERSONNAGES

Tous les personnages évoqués dans *Si c'est un homme* ont réellement existé et ont vécu l'expérience concentrationnaire avec l'auteur. Il est possible d'opérer une sélection parmi les personnages : ceux qui ont aidé Primo Levi et ceux qui ont été contre lui, auxquels il a dû faire face.

PRIMO LEVI

L'auteur est le personnage principal du récit. C'est un chimiste âgé de 24 ans, capturé par les nazis dans le Val d'Aoste le 13 décembre 1943. Dans le camp de concentration, il est surnommé « deux mains gauches » à cause de sa maladresse et de son inefficacité dans les travaux manuels qu'il doit exécuter. À la suite de son arrivée, il est assigné au camp de Monowitz-Buna, un des camps auxiliaires d'Auschwitz.

Initialement, il se comporte selon sa nature, de manière honnête et généreuse. Cependant, il se rend rapidement compte que s'il veut survivre, il devra se comporter différemment et se plier aux règles impitoyables du *Lager*, où il n'y a ni bienveillance ni compassion. Seuls les subterfuges permettent de survivre.

Mais ce sont ses connaissances en chimie, lui permettant d'intégrer le laboratoire de chimie du camp, qui lui valent de rester en vie : il travaille à l'intérieur et se sent moins esclave que ceux qui travaillent à l'extérieur et qui transportent des poutres ou qui poussent des wagons, parfois sous les coups des soldats nazis.

Le 11 janvier 1945, celui que l'on connait désormais par son matricule, le numéro 174 517, attrape la scarlatine et se retrouve transféré à l'infirmerie. Le 17 janvier, les nazis évacuent à la hâte le camp d'Auschwitz, laissant les détenus de l'infirmerie derrière eux et en forçant les autres à les accompagner, lors de marches de la mort. Le camp d'Auschwitz sera libéré par l'Armée rouge le 27 janvier. Toutefois, Primo Levi ne regagne pas Turin avant le 19 octobre de la même année. L'itinéraire de son retour est au centre de son roman, *La Trêve*.

LES ADJUVANTS

Alberto Dallavolta

Alberto Dallavolta est d'une grande aide à Primo Levi. Cet Italien de 22 ans s'est parfaitement adapté à la vie du *Lager* : il comprend rapidement qu'il faut faire preuve d'énormément de force de caractère pour survivre dans un endroit tel que celui-là. Néanmoins, il reste « l'homme fort doux » (p. 85) qu'il a toujours été. En compagnie de Primo Levi, son meilleur ami, ils achètent une petite gamelle qui leur permettra de survivre. Alberto disparait pendant l'évacuation du camp par les nazis.

Lorenzo Perrone

Lorenzo est un ouvrier civil qui travaille dans le laboratoire de chimie de la Buna. Il perçoit un salaire et bénéficie d'une permission le dimanche ainsi que de congés. Profondément bienveillant, il n'hésite pas, durant 6 mois, à donner à Levi un complément quotidien de nourriture qui lui permettra de rester en vie. Lorenzo et les autres ouvriers sont libérés le 1er janvier 1945. Il ira chez la mère de Levi à Turin afin de lui dire que son fils est resté au camp mais qu'il est vivant.

Charles Conreau

Charles est le prisonnier français arrivé à Auschwitz lors de l'évacuation du camp et avec qui Levi a passé ses dix derniers jours à l'infirmerie. Un vieux poêle en fonte récupéré dans le camp leur a permis de chauffer la pièce où les 11 malades logent, avant que l'Armée rouge ne vienne libérer le camp. Ils sont restés en contact après la fin de la guerre.

Pikolo

Jean Samuel est un étudiant alsacien en pharmacie, dont Levi fait la connaissance dans le Kommando 98, celui du laboratoire de chimie. Étant donné qu'il est le plus jeune, il est surnommé Pikolo. Il aide Levi en lui demandant de l'accompagner tous les soirs pour aller chercher la soupe afin que Levi puisse économiser ses forces en ne travaillant pas durant ce laps de temps. C'est pendant l'une de leurs discussions que Levi lui récite « Le Chant d'Ulysse » de Dante.

LES OPPOSANTS

Dr Panwitz

Le Dr Panwitz est un SS qui déteste les Juifs. Il dirige le laboratoire chimique du *Lager*. C'est lui qui a fait passer l'examen de chimie de Primo.

Les triangles verts

Les triangles verts sont les criminels allemands présents dans le camp. Leur nationalité leur permet d'avoir un avantage sur les autres détenus du camp. Ce sont, en quelque sorte, les maitres parmi les détenus du camp.

Les kapos

Il y a une véritable hiérarchie dans le camp : les kapos sont au-dessus de tous les autres détenus. Il y a d'abord les *haftlinge*, détenus ordinaires, puis les *prominents*, désignés par les SS pour tout ce qui concerne les tâches les plus ingrates. C'est parmi les *prominents* que les Kapos sont recrutés. Ceux-ci, se sachant supérieurs aux détenus, n'hésitent pas à abuser de leur pouvoir.

ÉCLAIRAGES

REPÈRES HISTORIQUES

Hitler arrive au pouvoir en Allemagne en 1933. Cette même année, le camp de concentration de Dachau est ouvert. On y enferme dans un premier temps des opposants politiques. En 1935, les lois de Nuremberg sont édictées : elles visent à protéger la prétendue pureté de la race allemande. En pratique, ces lois privent les Juifs, entre autres, de leurs droits politiques et de l'accès à certaines professions. En 1938, la Nuit de cristal, une vague de massacres à l'encontre des Juifs vivant sur le territoire du IIIe Reich, est orchestrée par le pouvoir nazi. Suite à cet évènement, des Juifs sont emmenés dans les camps de concentration. Les déportations s'intensifient au fil des années et continuent jusqu'à la fin de la Seconde Guerre mondiale.

Dans les camps de concentration, les nazis regroupent les opposants au pouvoir (communistes et résistants par exemple), ainsi que les personnes qu'ils considèrent comme appartenant à une race inférieure (Juifs ou Tziganes notamment) ou comme étant « inutiles » à l'essor de la race aryenne (à l'instar des personnes handicapées). Les conditions de vie et de travail – la faim, le froid, les mauvais traitements et les maladies – mènent les prisonniers à la mort. Les camps d'extermination, quant à eux, sont établis sur le territoire de la Pologne, occupée à partir de 1941, et visent à l'assassinat de masse, entre autres dans les chambres à gaz, des gens qui y sont amenés (Juifs, personnes inaptes au travail forcé, Tziganes, opposants politiques, etc.).

Auschwitz était en fait un réseau de camps (comprenant Auschwitz, Birkenau et Monowitz) construit en 1940, qui est resté actif jusqu'à sa libération par les Soviétiques en janvier 1945. Levi était détenu dans le dernier de ces camps, Monowitz, du nom d'un petit village des environs. C'était un camp de concentration, où les prisonniers pouvaient soit être soumis au travail forcé (par exemple au sein de l'usine I.G. Farben) soit être envoyés dans les chambres à gaz des autres dépendances d'Auschwitz.

Ceux qui étaient envoyés dans les camps voyaient leur condition humaine être niée :

- ils voyageaient dans des wagons à bestiaux ;
- ils perdaient leur nom au profit d'un numéro de matricule tatoué sur le bras ;
- les prisonniers étaient désignés par le mot allemand *stück*, c'est-à-dire « pièce » ;
- le gaz utilisé pour assassiner les détenus était celui auquel on recourait pour désinfecter les cales des navires des poux et punaises ;
- leur cadavre était destiné à servir de « matière première » au Reich qui utilisait, par exemple, leurs cheveux pour en faire de l'engrais.

En d'autres termes, les prisonniers étaient avilis de toutes les façons possibles.

CLÉS DE LECTURE

DES NOTIONS DE TEMPS FLOUES

Dès la préface, Primo Levi précise que son livre n'apportera rien de plus à la connaissance historique que les lecteurs pourraient avoir développé au sujet des camps de concentration. Cependant, différents éléments permettent de situer le vécu de l'écrivain dans le camp par rapport au déroulement de la Seconde Guerre mondiale. Le dernier chapitre s'ouvre ainsi sur l'évocation du grondement des canons russes (p. 235). Levi mentionne également les bombardements alliés sur la Haute-Silésie (région de l'actuelle Pologne où se situe Auschwitz) durant l'été et l'automne 1944. Les détenus ont donc une perception fragmentaire des soubresauts de la guerre. L'auteur la partage avec le lecteur qui a, lui, tout loisir de replacer les évènements dans une perspective historique.

Le quotidien est structuré selon un horaire de travail strict, qui varie selon les saisons. On pourrait croire que ce découpage régulier et rythmé laisse aux détenus la possibilité de s'orienter dans le temps, de se souvenir et de se projeter dans le futur. Or la situation d'extrême dénuement matériel, mental et moral des *Häftlinge* (« détenu » en allemand) les prive de toute capacité à penser à un passé ou à un avenir qui ne soit pas immédiat :

> « Pour les hommes libres, le cadre temporel a toujours une valeur, d'autant plus grande que celui qui s'y meut y déploie de plus vastes ressources intérieures. Mais pour nous, les

> heures, les jours et les mois n'étaient qu'un flux opaque qui transformait, toujours trop lentement, le futur en passé, une camelote inutile dont nous cherchions à nous débarrasser au plus vite. [...] Pour nous, l'histoire s'était arrêtée. » (p. 182)

Le système concentrationnaire parvient donc à priver les détenus de leur capacité à investir le cadre temporel. Il les emprisonne, non seulement dans l'espace, mais également dans le temps, comme l'enseigne au lecteur le témoignage de Primo Levi.

UNE ÉTRANGE TOUR DE BABEL

À Auschwitz, toutes les langues d'Europe sont parlées, mais les maitres du camp ne parlent que l'allemand. C'est donc une question de survie pour les *Häftlinge* de comprendre cette langue dès leur arrivée. Primo Levi a soin de retranscrire les éventuels dialogues et interjections dans l'idiome original : de cette façon, le lecteur se heurte à l'incompréhension, tout comme les détenus.

Le langage n'est pas seulement difficile à comprendre au *Lager*, il est également insuffisant à exprimer ce à quoi font face les détenus. Comme l'explique Levi, le vocabulaire dont il dispose est composé de mots d'hommes libres. Ils ne s'ajustent pas aux terribles réalités du camp : « Si les *Läger* avaient duré plus longtemps, ils auraient donné le jour à un langage d'une âpreté nouvelle. » (p. 192)

Cependant, la langue et la littérature sont au cœur d'un dialogue avec Jean, un autre détenu, long d'une heure. Dans le chapitre intitulé « Le Chant d'Ulysse », Levi et Jean, le Pikolo, disposent d'une heure pour aller chercher la soupe. Sur le mode du discours indirect libre et sous prétexte de dispenser un cours d'italien, Levi récite de mémoire à Jean « Le Chant d'Ulysse » de Dante. Ainsi, l'espace de soixante minutes, les deux détenus investissent le cadre temporel et accèdent au monde de la littérature universelle. Significativement, Ulysse est un personnage qui a effectué un long voyage semé d'épreuves avant de retourner chez lui, comme Levi. Cet épisode peut être vu comme une mise en abyme (il s'agit d'un procédé consistant à représenter une œuvre au sein d'une œuvre) de l'ensemble du livre : comme Ulysse, Levi est confronté aux affres de l'Enfer et en reviendra pour témoigner, par la force de la littérature.

Paradoxalement, alors que le parler à Auschwitz sert à humilier les détenus et à les plonger dans l'angoisse de l'incompréhension, et que le vocabulaire est impuissant à rendre leurs souffrances, c'est par le langage et les mots que Levi revient à la vie et témoigne.

AUSCHWITZ, LABORATOIRE DE L'ÂME HUMAINE

L'écrivain vise à faire œuvre de témoignage. Dans ce but, il adopte un langage sobre, posé, précis et s'exprime à la première personne du singulier. Il présente les évènements qu'il traverse sans émotions apparentes : ainsi, dans le chapitre « Histoire de dix jours », il narre l'histoire de dix-huit Français surpris et assassinés par un groupe de SS isolé alors que, croyant Auschwitz vide, ils s'étaient installés dans le réfectoire de la Waffen-SS. L'épisode est raconté en se basant sur des faits et sans aucune remarque à caractère émotionnel.

L'approche objective qu'adopte Levi lui permet également de faire contraster différents tons. Le chapitre « Le Dernier » commence sur un ton presque joyeux : l'auteur expose les combines et trafics qu'il a mis au point avec son ami Alberto. Cependant, le texte se termine sur une scène extrêmement dure : la mort par pendaison du dernier de ceux qui avaient tenté de lancer une révolution, et la honte de Levi et d'Alberto devant leur passivité, générée par la vie du camp. En adoptant une perspective distanciée et sobre, Levi laisse le lecteur prendre position, sans lui imposer de ressenti :

> « Je pensais que mes paroles seraient d'autant plus crédibles qu'elles apparaitraient plus objectives et dépassionnées ; c'est dans ces conditions seulement qu'un témoin appelé à déposer en justice remplit sa mission, qui est de préparer le terrain aux juges. Et les juges, c'est vous. » (p. 278)

Comme il l'explique dans la préface, il fournit à ses lecteurs une occasion d'analyser l'âme humaine. Levi expose donc la destruction matérielle, mentale et morale des détenus qu'opère le système concentrationnaire. L'annihilation matérielle est entreprise dès le voyage en train, par la promiscuité, le manque d'air, d'eau et de nourriture. Dans le chapitre « Le Fond », Levi décrit également l'abandon de toutes leurs dernières possessions par les détenus. Les ultimes lignes de cette section dépeignent leur corps souffrant. Leur univers mental est également broyé : on leur enlève jusqu'à leur nom, leur identité, que l'on remplace par un numéro. Les valeurs morales sont également entièrement bafouées.

Comme le montre le chapitre « En deçà du bien et du mal », les valeurs du bien et du mal ne peuvent être appliquées dans l'enceinte du camp, où voleur comme volé sont punis :

> « Détruire un homme est difficile, presque autant que de le créer : cela n'a été ni aisé ni rapide, mais vous y êtes arrivés, Allemands. Nous voici dociles, devant vous, vous n'avez plus rien à craindre de nous : ni les actes de révolte, ni les paroles de défi, ni même un regard qui vous juge. » (p. 233)

De manière significative, l'auteur n'a jamais l'occasion d'entrer en contact avec les Allemands. Comme Levi l'explique dans l'appendice (p. 277), le seul contact qu'il ait eu a été avec un officier SS lorsque le système concentrationnaire se désagrégeait, quelques jours avant l'arrivée des Russes. Levi expose la lente démolition des détenus tout en présentant clairement l'attitude inhumaine, au sens propre, de ceux qui dirigeaient le *Lager*. Le thème central du livre est déjà repris dans le titre : *Si c'est un homme*.

Afin de comprendre toute la portée du titre, il importe de le rapprocher du poème placé entre la préface et le début du récit, ainsi que de la version originale du titre. Le poème s'intitule *Considérez si c'est un homme*. Il met en question la nature humaine des détenus des camps de concentration et rappelle le devoir de mémoire de tout être face aux actes qui y ont été commis. Le titre original *Se questo è un uomo* interroge également la condition de l'homme, en particulier avec le mot questo qui peut se traduire par « ceci » ou « cela » : sa présence seule met en exergue le fait que la nature humaine a été bafouée dans les camps. Le projet concentrationnaire visait à détruire tant physiquement que moralement les prisonniers. Le titre remet également en question la nature humaine des personnes qui ont pu mettre au point et maintenir ce système. Le titre *Si c'est un homme* s'applique donc à l'ensemble du questionnement proposé dans l'œuvre.

LA TRÊVE

La Trêve constitue la suite chronologique du roman. Le récit débute le 27 janvier 1945, le jour de la libération du camp par l'Armée rouge, là où s'achève *Si c'est un homme.*

> « La première patrouille russe arriva en vue du camp vers midi, le 27 janvier 1945. Charles et moi la découvrîmes avant les autres ; nous transportions à la fosse commune le corps de Samogyi, le premier mort de notre chambrée. Nous renversâmes la civière sur la neige souillée, car la fosse commune était pleine et l'on ne donnait pas d'autre sépulture [...]. » (*La Trêve*, p. 9)

La suite du roman raconte l'interminable trajet de retour dans les pays de l'Europe centrale et les nombreuses péripéties auxquelles a dû faire face Primo Levi avant son retour chez lui à Turin, le 19 octobre. Le titre provient du fait que Levi a considéré cette époque comme une période durant laquelle son esprit est resté totalement libre de toute pensée obsédante de prison, au contraire de l'année passée à Auschwitz.

LA LITTÉRATURE CONCENTRATIONNAIRE

Après la fin de la guerre, la littérature s'est emparée du sujet des camps de concentration : de nombreux ouvrages ont été publiés sur le sujet dans les premières années de l'après-guerre. En effet, beaucoup de survivants ont éprouvé le besoin de témoigner, de raconter l'horreur qu'ils avaient vécue dans les camps. Parmi ces témoignages, un certain nombre constituent de vraies œuvres littéraires, qui poursuivent une véritable ambition artistique.

Parmi ceux-ci, Robert Antelme, le mari de Marguerite Duras (femme de lettres et cinéaste française, 1914-1996), est l'auteur de *L'Espèce humaine*, l'un des plus grands chefs d'œuvre de la littérature de la Shoah. Il y relate son expérience de détenu des camps nazis, d'abord à Buchenwald, puis à Gandersheim et enfin à Dachau. Le livre se rapproche d'un essai, tant l'auteur parvient à mener une réflexion sur la vie dans les camps et sur le sens du système concentrationnaire, ne laissant que peu de place aux seules émotions. La difficulté que les survivants éprouvent à témoigner est mis en avant dès l'avant-propos :

> « Il y a deux ans, durant les premiers jours qui ont suivi notre retour, nous avons été, tous je pense, en proie à un véritable délire. Nous voulions parler, être entendus enfin. On nous a dit que notre apparence physique était assez éloquente à elle seule. [...]. Comment nous résigner à ne pas tenter d'expliquer comment nous en étions venus là ? [...] Et cependant c'était impossible. À peine commencions-nous à raconter, que nous suffoquions. À nous-mêmes, ce que nous avions à dire commençait alors à nous paraitre inimaginable. » (Antelme R., *L'Espèce humaine*, 1997, p. 9)

La question de l'indicible est une caractéristique commune à tous les auteurs des camps. Elle est pleinement liée au manque de mots fournis par le langage pour exprimer quelque chose dont seuls ceux qui l'ont vécue peuvent connaitre l'ampleur : « Nous avons vu ce que les hommes ne "doivent" pas voir ; ce n'était pas traduisible par le langage. » (Antelme R., « Vengeance ? », 1945, in *Textes inédits sur* L'Espèce humaine *: essais et témoignages*, 2006, p. 22).

Imre Kertész (écrivain hongrois, 1929-2016) livre dans son premier roman un très bon témoignage littéraire sur les camps de concentration nazis. *Être sans destin* raconte l'histoire de Koves, un jeune juif de 14 ans, sorte d'alter ego de l'auteur, qui se retrouve déporté à Auschwitz puis à Buchenwald. Au contraire de l'ouvrage d'Antelme, Kertesz semble étranger à ce qui se déroule autour de lui. En effet, il place une très grande distance entre la réalité et lui, mettant parfaitement en lumière le non-sens de toute cette horreur. Lors de son retour à Budapest, il devra faire face à l'incompréhension de la population, qui ne comprend tout simplement pas l'ampleur de la tragédie qui s'est déroulée dans les camps.

Il existe de nombreuses similitudes entre cette œuvre et *Si c'est un homme*. Les deux romans évoquent la même vie de camps, les mêmes horreurs, le même repos illusoire dans la maladie. Toutefois, ce qui varie, c'est l'âge du déporté : Primo Levi est un homme de 22 ans, un jeune adulte, alors que le personnage d'*Être sans destin*, tout comme l'auteur, n'est qu'un adolescent de 14 ans, en pleine construction, qui manque encore de repères.

> « Dans *Être sans destin*, j'ai raconté cet état où l'on vous confisque votre vécu et votre identité. Cette absence de

> destin. Primo Levi, lui, était un humaniste. C'était un homme moralement indigné par Auschwitz. Moi non. Auschwitz a été une école pour moi. » (BENYAHIA-KOUIDER O., « Auschwitz a été mon école », in *BibliObs*, 2012)

Jorge Semprun (écrivain espagnol, 1923-2011) raconte, dans *Le Grand Voyage*, sa déportation à Buchenwald en tant que communiste. Ce roman autobiographique narre, avec un ton très juste, le récit de son trajet vers un camp allemand. Semprun n'évoque pas encore la période du camp à proprement parler ; il fait de nombreuses digressions, notamment de sa vie avant le camp et après la libération. Il évoquera la vie et l'horreur du camp dans un autre roman, *L'Écriture ou la vie*, paru en 1994.

Les écrivains de la Shoah, en témoignant de leur expérience dans un au-delà qui n'avait plus rien d'humain, sont ainsi parvenus à témoigner et à « surmonter le fossé entre l'expérience vécue – [...] qu'il[s] ne pouvai[en]t ni dire, ni taire, ni oublier – et ce qui se donnait d'abord comme une limitation essentielle du langage » (MONTENOT J., « La littérature concentrationnaire », 2005).

PISTES DE RÉFLEXION

QUELQUES QUESTIONS POUR APPROFONDIR SA RÉFLEXION…

- Comment l'écriture de Primo Levi s'adapte-t-elle à son projet de témoignage ?
- Qu'est-ce qui différencie ce témoignage d'une autobiographie ?
- Expliquez le rapport des détenus, et plus particulièrement de Primo Levi, au langage.
- Selon vous, la pratique de la littérature peut-elle encore avoir lieu après une expérience telle qu'Auschwitz ?
- Quelle est la portée du titre *Si c'est un homme* ?
- Commentez cette citation : « Qui pourrait distinguer nos visages les uns des autres ? » (p. 129)
- Levi explique, dans l'appendice (p. 278), qu'on peut souhaiter connaitre le nazisme, mais non le comprendre. Développez.
- *Si c'est un homme* a été porté à la scène à plusieurs reprises. Si vous deviez à votre tour mettre en scène l'essentiel du livre, quels éléments choisiriez-vous ? Comment rendriez-vous l'approche analytique de Levi ?
- Dans *L'Écriture ou la Vie* (1997), Jorge Semprun aborde le thème du camp de concentration, dont il a lui-même fait l'expérience à Buchenwald. Quels sont les points communs entre ces deux ouvrages, au niveau de la thématique et de la formulation ? Quelle est la différence majeure en ce qui concerne l'écriture, entre ces deux livres ?
- De même, comparez *Si c'est un homme* avec *L'Espèce*

humaine, ouvrage dans lequel Robert Antelme confie lui aussi son expérience des camps.

Votre avis nous intéresse !
Laissez un commentaire sur le site de votre librairie en ligne
et partagez vos coups de cœur sur les réseaux sociaux !

POUR ALLER PLUS LOIN

ÉDITION DE RÉFÉRENCE

- Levi P., *Si c'est un homme*, traduit de l'italien par Martine Schruoffeneger, Paris, Pocket, 1987.

ÉTUDES DE RÉFÉRENCE

- Antelme R., *L'Espèce humaine*, Paris, Gallimard, coll. « Tel », 1999.
- Antelme R., *Textes inédits sur* L'Espèce humaine *: essais et témoignages*, Paris, Gallimard, 2006.
- Kertesz I., *Être sans destin*, Arles, Actes Sud, coll. « Babel », 2009.
- Benyahia-Kouider O., « Auschwitz a été mon école », in *BibliObs*, 2012, consulté le 18 octobre 2016, http://bibliobs.nouvelobs.com/essais/20090508.BIB3414/imre-kertesz-auschwitz-a-ete-mon-ecole-suite.html
- Montenot J., « La littérature concentrationnaire », in *L'Express*, 2005, consulté le 18 octobre 2016, http://www.lexpress.fr/culture/livre/la-litterature-concentrationnaire_810703.html
- Semprun J., *L'Écriture ou la Vie*, Paris, Gallimard, coll. « Folio », 1994.
- Todorov T., *Face à l'extrême*, Paris, Points, coll. « Essais », 1991.

www.lepetitlitteraire.fr/

ISBN version numérique : 978-2-8062-1895-7
ISBN version papier : 978-2-8062-1402-7
Dépôt légal : D/2013/12603/376

Avec la collaboration d'Alexandre Randal pour les personnages ainsi que pour l'encadré « La Trêve » et le chapitre « La littérature concentrationnaire ».

Conception numérique : Primento,
le partenaire numérique des éditeurs.

Ce titre a été réalisé avec le soutien de la Fédération Wallonie-Bruxelles, Service général des Lettres et du Livre.

Dumas
- Les Trois Mousquetaires

Énard
- Parlez-leur de batailles, de rois et d'éléphants

Ferrari
- Le Sermon sur la chute de Rome

Flaubert
- Madame Bovary

Frank
- Journal d'Anne Frank

Fred Vargas
- Pars vite et reviens tard

Gary
- La Vie devant soi

Gaudé
- La Mort du roi Tsongor
- Le Soleil des Scorta

Gautier
- La Morte amoureuse
- Le Capitaine Fracasse

Gavalda
- 35 kilos d'espoir

Gide
- Les Faux-Monnayeurs

Giono
- Le Grand Troupeau
- Le Hussard sur le toit

Giraudoux
- La guerre de Troie n'aura pas lieu

Golding
- Sa Majesté des Mouches

Grimbert
- Un secret

Hemingway
- Le Vieil Homme et la Mer

Hessel
- Indignez-vous !

Homère
- L'Odyssée

Hugo
- Le Dernier Jour d'un condamné
- Les Misérables
- Notre-Dame de Paris

Huxley
- Le Meilleur des mondes

Ionesco
- Rhinocéros
- La Cantatrice chauve

Jary
- Ubu roi

Jenni
- L'Art français de la guerre

Joffo
- Un sac de billes

Kafka
- La Métamorphose

Kerouac
- Sur la route

Kessel
- Le Lion

Larsson
- Millenium I. Les hommes qui n'aimaient pas les femmes

Le Clézio
- Mondo

Levi
- Si c'est un homme

Levy
- Et si c'était vrai...

Maalouf
- Léon l'Africain

Malraux
- La Condition humaine

Marivaux
- La Double Inconstance
- Le Jeu de l'amour et du hasard

Martinez
- Du domaine des murmures

Maupassant
- Boule de suif
- Le Horla
- Une vie

Mauriac
- Le Nœud de vipères

Mauriac
- Le Sagouin

Mérimée
- Tamango
- Colomba

Merle
- La mort est mon métier

Molière
- Le Misanthrope
- L'Avare
- Le Bourgeois gentilhomme

Montaigne
- Essais

Morpurgo
- Le Roi Arthur

Musset
- Lorenzaccio

Musso
- Que serais-je sans toi ?

Nothomb
- Stupeur et Tremblements

Orwell
- La Ferme des animaux
- 1984

Pagnol
- La Gloire de mon père

Pancol
- Les Yeux jaunes des crocodiles

Pascal
- Pensées

Pennac
- Au bonheur des ogres

Poe
- La Chute de la maison Usher

Proust
- Du côté de chez Swann

Queneau
- Zazie dans le métro

Quignard
- Tous les matins du monde

Rabelais
- Gargantua

Racine
- Andromaque
- Britannicus
- Phèdre

Rousseau
- Confessions

Rostand
- Cyrano de Bergerac

Rowling
- Harry Potter à l'école des sorciers

Saint-Exupéry
- Le Petit Prince
- Vol de nuit

Sartre
- Huis clos
- La Nausée
- Les Mouches

Schlink
- Le Liseur

SCHMITT
- La Part de l'autre
- Oscar et la Dame rose

SEPULVEDA
- Le Vieux qui lisait des romans d'amour

SHAKESPEARE
- Roméo et Juliette

SIMENON
- Le Chien jaune

STEEMAN
- L'Assassin habite au 21

STEINBECK
- Des souris et des hommes

STENDHAL
- Le Rouge et le Noir

STEVENSON
- L'Île au trésor

SÜSKIND
- Le Parfum

TOLSTOÏ
- Anna Karénine

TOURNIER
- Vendredi ou la Vie sauvage

TOUSSAINT
- Fuir

UHLMAN
- L'Ami retrouvé

VERNE
- Le Tour du monde en 80 jours
- Vingt mille lieues sous les mers
- Voyage au centre de la terre

VIAN
- L'Écume des jours

VOLTAIRE
- Candide

WELLS
- La Guerre des mondes

YOURCENAR
- Mémoires d'Hadrien

ZOLA
- Au bonheur des dames
- L'Assommoir
- Germinal

ZWEIG
- Le Joueur d'échecs

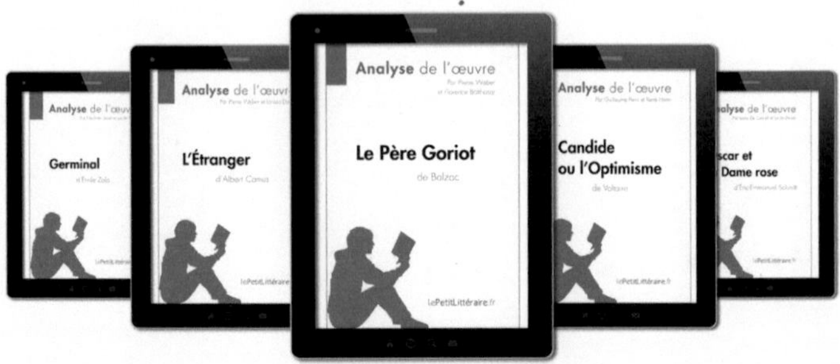